线装国学馆

全唐诗精选

第一卷

线装国学馆

全唐诗精选

全唐诗精选

线装国学馆

图书在版编目（CIP）数据

全唐诗精选／《线装国学馆》编委会编. — 北京：中国画报出版社，2018.10

（线装国学馆）

ISBN 978-7-5146-1603-3

Ⅰ. ①全… Ⅱ. ①线… Ⅲ. ①唐诗－诗集 Ⅳ. ①I222.742

中国版本图书馆 CIP 数据核字(2018)第 073589 号

线装国学馆 · 全唐诗精选

◎出版人　于九涛

◎编著　线装国学馆编委会

◎责任编辑　郭翠青

◎出版发行　中国画报出版社 CHINA PICTORIAL PRESS

◎地址　中国北京市海淀区车公庄西路三十三号

◎电话　〇一〇-八八四一七三五九

◎印刷　三河市文通印刷包装有限公司

◎监印　焦洋

◎开本　十六开(889×1194)

◎字数　四百零二千字

◎印张　四十

◎版次　二〇一八年十月第一版

◎印次　二〇一八年十月第一次印刷

◎书号　ISBN 978-7-5146-1603-3

◎定价　一百九十八元(全四卷)

目录

第一卷

全唐诗精选

全唐诗精选

◎目录

◎目录

第三卷

第四卷

全唐诗精选

魏徵

【作者简介】

魏徵（580—643），字玄成，曲城（今河北巨鹿）人。好读书，涉猎广博。隋末曾一度为道士。后辅佐唐高祖李渊、唐太宗李世民，官至左光禄大夫，封郑国公。唐朝政治家、思想家、文学家和史学家。因敢于直言进谏，辅佐唐太宗成就「贞观之治」，被后人称为「一代名相」。

述怀

中原初逐鹿，投笔事戎轩①。纵横计不就②，慷慨志犹存。杖策谒天子，驱马出关门③。请缨系南粤，凭轼下东藩④。郁纡陟高岫⑤，出没望平原。古木鸣寒鸟，空山啼夜猿。既伤千里目⑥，还惊九折魂⑦。岂不惮⑧艰险，深怀国士恩⑨。季布无二诺，侯嬴重一言⑩。人生感意气，功名谁复论⑪！

【注释】

① 逐鹿：比喻争夺政权。投笔：典出《后汉书·班梁列传》。东汉班超家贫，少时为小吏，替官府抄写文书，时间一久，便感到苦闷，曾投笔长叹曰：「大丈夫无他志略，犹当效傅介子、张骞立功异域，以取封侯，安能久事笔砚间乎！」事戎轩：从事于战阵之间，即从军。戎轩：战车。初：开始。

② 纵横计：为人策划，筹谋天下大事。纵横：战国时，苏秦主张「合纵」抗秦，张仪主张「连横」事秦，称为「合纵连横」。后世称策士为「纵横家」。

③ 策：马棰，打马前进的工具。天子：即李渊。关：指潼关。

④ 请缨：典出《汉书·终军传》。文中有言：「南越与汉和亲，乃遣军使南越，说其王，欲令入朝，比内诸侯。军自请：『愿受长缨，必羁南越王而致之阙下。』」南粤：即南越，古代百越之一。古代五岭（越城岭、都庞岭、萌渚岭、骑田岭、大庾岭）以南通称为百越之地。凭轼：乘车出使。轼指车前横木。下：降服。东藩：东方的藩国，指齐国。

⑤ 郁纡：盘曲迂回貌，形容山势深险、山路曲折。陟：登高。岫（xiù）：山峰。

⑥ 既伤千里目：指当时的战乱造成残破不堪的境况。《楚辞·招魂》中有言：「目极千里兮伤春心。」

⑦ 九折魂：一作「九逝魂」。《楚辞·九章》中有言：「惟郢路之辽远兮，魂一夕而九逝。」此句比喻路途艰险，前途未卜，让人为之心惊。

⑧ 惮：惧怕。

⑨ 国士恩：受到统治者赏识的知遇之恩。国士：一国中的杰出人才。

⑩ 季布：秦末楚地人，重诺言的代表。《史记·季布栾布列传》中记载：「得黄金百斤，不如得季布一诺」。侯嬴：战国时魏公子信陵君的门客，为信陵君献计窃符救赵。信陵君出发时，侯嬴以自己年老不能随从为由，表示用自杀来报答受器重的恩情。后来，他果然实践了诺言，面向北方自杀。《史记·魏公子列传》中记载了他的事迹。

⑪ 感：念。意气：意志与气概，指志趣投合，必须实践诺言，感恩图报。谁复论：谁还能去计较。

王绩

【作者简介】

王绩（约589—644），字无功，龙门（今山西通化）人。唐代诗人。自幼好学，十一岁时即游历长安（今陕西西安）。隋末举孝廉，后天下大乱，弃官还乡。唐代贞观初年，又以疾病为由辞官，隐居东皋，自号「东皋子」。王绩性格简傲，嗜酒如命，喜好弹琴。

春日①

前旦出园游，林华②都未有。今朝下堂来，池冰开已久。雪被③南轩梅，风催北庭柳。遥呼灶前妾，却报机中妇④。年光恰恰来，满瓮营春酒⑤！

【注释】

①一作《初春》。

②林华：林花。『华』通『花』。

③被：覆盖。

④机中妇：正在纺织的妻子。

⑤年光：春光。营春酒：即春酒，冬酿春熟之酒。

野望

东皋薄暮望①，徙倚欲何依②！树树皆秋色③，山山唯落晖④。牧人驱犊返⑤，猎马带禽归。四顾无相识，长歌怀采薇⑥。

【注释】

①东皋：一说位于今安徽宿州五柳风景区，一说为王绩隐居故乡时游息之地。皋：水边的高地。薄暮：傍晚，太阳快落山的时候。

②徙倚：徘徊，彷徨。依：着落，归依。

③秋色：一作『春色』。

④落晖：落日的余光。

⑤牧人：一作『牧童』。犊：小牛。

⑥采薇：比喻苦闷的隐居生活。据《史记·伯夷列传》记载，周武王灭商后，伯夷、叔齐不愿做周的臣子，在首阳山上采薇而食，最后饿死。《诗经·召南·草虫》有言：『陟彼南山，言采其薇。未见君子，我心伤悲。』《诗经·小雅·采薇》有言：『采薇采薇，薇亦作止。曰归曰归，岁亦莫止。靡市靡家，猃狁之故；不遑启居，猃狁之故。』

全唐诗精选

王勃

【作者简介】

王勃（约650—约676），字子安，龙门人。隋末著名儒家王通之孙、唐初诗人王绩之侄孙。与杨炯、卢照邻、骆宾王并称为『初唐四杰』。王勃自幼聪明好学，六岁即能写文章，九岁时作《指瑕》十卷纠正颜师古注《汉书》的错误。十六岁时科试及第，授朝散郎，为沛王府修撰。之后因作《斗鸡赋》被赶出沛王府，游览蜀地。后补虢州参军，因私杀官奴被赦免、革职。唐高宗上元三年（676）八月，探望父亲返回时，不幸渡海溺水，惊悸而死。

采莲曲

采莲归，绿水芙蓉衣①。秋风起浪凫雁飞②。桂棹兰桡下长浦③，罗裙玉腕轻摇橹。叶屿花潭极望平④，江讴越吹相思苦⑤。相思苦，佳期不可驻⑥。塞外征夫犹未还，江南采莲今已暮。今已暮，采莲花，渠今那必尽倡家⑦？官道城南把桑叶⑧，何如江上采莲花？莲花复莲花，花叶何稠叠！叶翠本羞眉⑨，花红强似颊⑩。佳人不在兹⑪，怅望别离时。牵花怜共蒂，折藕爱连丝⑫。故情无处所，新物徒华滋⑬。不惜西津交佩解，还羞北海雁书迟⑭。采莲歌有节，采莲夜未歇。正逢浩荡江上风，又值徘徊江上月⑮。徘徊莲浦夜相逢，吴姬越女何丰茸⑯！共问寒江千里外，征客关山路几重？⑰

【注释】

①芙蓉：荷花的别名。

②起浪：吹起波浪。凫（fú）：野鸭。

③桂棹（zhào）兰桡（ráo）：船桨，指船。桂和兰均为香木，棹和桡都是拨水的工具。下长浦：沿着水边向下游。浦：水边之地。

④叶屿花潭：屿和潭之间全是荷叶、荷花。屿：水中洲渚。潭，水深之处。平：指连成一片。

⑤江讴越吹：泛指南方的民间歌调。讴：歌唱。吹：吹奏乐器。

⑥佳期：指采莲女和征夫约会的时光。驻：停留。

⑦渠：她们。倡家：乐妓之家。『倡』通『娼』。

⑧官道：大道。把：采。

⑨叶翠本羞眉：荷叶虽翠，但比不上秀眉。翠眉：古代女子用青黛画眉。

⑩花红强似颊：莲花虽红，但不如双颊娇艳。

⑪佳人：理想中的人，即上文『塞外征夫』。兹：这里。

⑫共蒂：即并头莲，一茎有两朵莲花。比喻恩爱的夫妻。丝：与『思』谐音，双关语。比如两心相连。

⑬故情：过去的欢情。无处所：无处寻觅。新物：指上文所说的花和藕。华滋：长得很繁盛。

⑭西津：分别的地方。交佩解：解下珮赠送给对方。古时这样做是表达爱慕的方式。羞：担心。北海雁书：借用苏武的典故，指边地寄来的书信。西汉时，苏武(前140—前60)出使匈奴时遭扣押，被囚禁在北海边的无人处，音信断绝。后来西汉派使者交涉，谎称皇帝猎得一只大雁，大雁的脚上系着一封用绢帛写的信，上面说苏武在北海边，苏武因此得以回到长安。北海：即今贝加尔湖。

⑮徘徊：月影慢慢地移动。

⑯莲浦：长有莲花的水边。吴姬越女：泛指江南地区的采莲女。丰茸：繁盛的样子，形容采莲女相貌美丽。

⑰关山：关隘山川。

滕王阁①

滕王高阁临江渚，佩玉鸣鸾罢歌舞②。画栋朝飞南浦云，珠帘暮卷西山雨③。闲云潭影日悠悠，物换星移几度秋④。阁中帝子今何在？槛外长江空自流⑤！

【注释】

①滕王阁：位于江西南昌赣江东岸，始建于唐永徽四年(653)，因唐太宗李世民之弟——滕王李元婴(630—684)始建而得名，与黄鹤楼、岳阳楼合称江南三大名楼。

②江：指赣江。渚：水中小洲。佩玉鸣鸾：身上佩戴的玉饰、响铃，借指滕王及其宾从。罢：停歇。

③画栋：有彩绘的栋梁楼阁。南浦：地名，在滕王阁之南。西山：道教名山，位于今江西南昌西北。

④物换星移：景物变换，星辰移位。形容时代变迁、万物更替。

⑤帝子：指唐高祖李渊之子、滕王李元婴。槛：栏杆。

送杜少府之任蜀川①

城阙辅三秦，风烟望五津②。与君离别意，同是宦游人③。海内存知己，天涯若比邻④。无为在歧路，儿女共沾巾⑤。

【注释】

①少府：官名，唐代通称县尉。之：到。蜀川：一作『蜀州』。

②城阙：城门两旁用于瞭望的阁楼，此处指唐朝京城长安。辅：护卫。三秦：指关中地区。项羽灭秦之后，将关中地区分为雍、塞、翟三国，故称三秦。风烟：自然景色。五津：岷江上的五个渡口——白华津、万里津、江首津、涉头津、江南津。

③宦游：远游求仕或他乡任官。

④海内：四海之内，指全国各地。比邻：近邻。

⑤无为：不用，无须。歧路：岔路。古人送行分手，一般都选择在大路分岔之处。儿女：指儿女情长。沾巾：泪水沾湿衣服和腰带。

杨炯

【作者简介】

杨炯（约650—约693），华阴（今陕西华阴）人。唐代文学家，与王勃、卢照邻、骆宾王并称『初唐四杰』。自幼聪明博学，有文名。唐显庆四年（659）举神童，但此后仕途一直不顺，至上元三年（676）才得以补秘书省校书郎。永隆二年（681）被推荐为崇文馆学士，第二年升为太子詹事司直，掌管东宫事务。后受到株连，于垂拱二年（686）被贬为梓州（今四川三台）司法参军。如意元年（692）冬，出任盈川（今浙江衢州）县令，约第二年卒于任上，故后人称其为杨盈川。

从军行①

烽火照西京②，心中自不平。牙璋辞凤阙，铁骑绕龙城③。雪暗凋旗画④，风多杂鼓声。宁为百夫长⑤，胜作一书生。

【注释】

① 从军行：古乐府曲调名。

② 烽火：古代边防用于告急、警报的烟火。西京：长安。

③ 牙璋：古代调动军队的符信，分为两块，一凹一凸，相合处呈牙状，朝廷和主帅各执一块。指代奉命出征的将帅。铁骑：精锐的骑兵。凤阙：汉代阙名。汉武帝时建章宫的圆阙上有鎏金铜凤凰，故以凤阙指皇宫。龙城：又称『龙庭』，匈奴祭天、大会诸部之处。汉武帝派卫青出击匈奴，曾在此获胜。位于今蒙古国鄂尔浑河的东岸。此处指塞外敌方据点。

④ 凋：草木枯败，此处指色彩变得黯淡而不鲜明。旗画：旗帜上的图案。

⑤ 百夫长：率领百人左右的军官，泛指低级武官。

卢照邻

【作者简介】

卢照邻（生卒年不详），字升之，自号幽忧子，范阳（今河北涿州）人。初唐诗人，与王勃、杨炯、骆宾王合称『初唐四杰』。虽出身望族，但一生不得志，只任邓王府典签及新都尉。后染风疾，加之服丹药中毒，手足痉挛，患有残疾。作《五悲文》自明遭遇。在政治上的坎坷失意及长期病痛折磨的双重打击下，最后投颍水自杀。

长安古意①

长安大道连狭斜，青牛白马七香车②。玉辇纵横过主第，金鞭络绎向侯家③。龙衔宝盖承朝日，凤吐流苏带晚霞④。百丈游丝争绕树⑤，一群娇鸟共啼花。啼花戏蝶千门⑥侧，碧树银台万种色。复道交窗作合欢，双阙连甍垂凤翼⑦。梁家画阁天中起，汉帝金茎云外直⑧。楼前相望不相知，陌上相逢讵相识⑨？借问吹箫向紫烟⑩，曾经学舞度芳年。得成比目何辞死⑪，愿作鸳鸯不羡仙。比目鸳鸯真可羡，双去双来君不见？生憎帐额绣孤鸾，好取门帘帖双燕⑫。双燕双飞绕画梁，罗帏翠被郁金香⑬。片片行云着蝉鬓，纤纤初月上鸦黄⑭。鸦黄粉白车中出，含娇含态情非一。妖童宝马铁连钱，娼妇盘龙金屈膝⑮。御史府中乌夜啼，廷尉门前雀欲栖⑯。隐隐朱城临玉道，遥遥翠幰没金堤⑰。挟弹飞鹰杜陵北，探丸借客渭桥西⑱。俱邀侠客芙蓉剑，共宿娼家桃李蹊⑲。娼家日暮紫罗裙，清歌一啭口氛氲⑳。北堂夜夜人如月，南陌朝朝骑似云㉑。南陌北堂连北里，五剧三条控三市㉒。弱柳青槐拂地垂，佳气红尘暗天起㉓。汉代金吾千骑来，翡翠屠苏鹦鹉杯㉔。罗襦宝带为君解，燕歌赵舞为君开㉕。别有豪华称将相，转日回天不相让㉖。意气由来排灌夫，专权判不容萧相㉗。专权意气本豪雄，青虬紫燕坐春风㉘。自言歌舞长千载，自谓骄奢凌五公㉙。节物风光不相待，桑田碧海须臾改㉚。昔时金阶白玉堂，即今唯见青松在㉛。寂寂寥寥扬子居，年年岁岁一床书㉜。独有南山桂花发，飞来飞去袭人裾㉝。

【注释】

① 古意：六朝以来诗歌中常见的标题，表示该诗作是拟古之作。

② 狭斜：僻径，与『大道』相对而言。七香车：用多种香木制成的华美小车。

③ 玉辇：原指皇帝所乘的车辆，此处泛指豪门贵族的车辆。主第：公主的府第。侯家：王侯贵族之家。

④ 龙衔宝盖：古时车上张有圆形的盖，宝盖安装在龙形的支柱上，故称『龙衔宝盖』。凤吐流苏：车盖上的立凤嘴端挂着流苏。流苏：用彩色羽毛或丝线制成的穗子。

⑤ 游丝：春天虫类所吐的飘荡在空中的丝。

⑥ 千门：宫门。

⑦ 复道：即阁道，宫苑中用木材架设在空中的通道。交窗：用木材制成花格图案的窗。作合欢：指合欢花形的图案。阙：宫门前的望楼。甍（méng）：屋脊。垂凤翼：双阙上装饰的金凤如凤凰翅膀般下垂，两相对峙。

⑧ 梁家：指东汉外戚梁冀家。梁冀是汉顺帝梁皇后的哥哥，曾在洛阳大兴土木，建造第宅，以豪奢著名。汉帝：汉武帝。金茎：铜柱。

⑨ 讵：同『岂』。这两句写士女如云，难以辨识。

⑩ 向紫烟：指飞入天空。紫烟：紫云，仙云。

⑪ 比目：鱼名。古人用比目鱼、鸳鸯比喻男女相爱。

⑫ 生憎：最恨，最厌恶。帐额：古时床帐前所挂的横幅。孤鸾：比喻独居。鸾是传说中的神鸟。好取：愿将。双燕：比喻爱情美满。

⑬ 罗帏：丝织的帐子。翠被：翡翠颜色的被子，也指以翠鸟羽毛做装饰的被子。

⑭ 行云：流动的云彩，比喻头发蓬松。蝉鬓：古代妇女的一种发型，指把鬓发梳成蝉翼般的式样。初月：月牙，指额头上涂成的形状。鸦黄：嫩黄色。这是古代妇女面部化妆的一种样式。

⑮ 妖童：泛指轻薄、浮华的少年。铁连钱：指马的毛色斑驳，有连环的钱式花纹。娼妇：指浓妆艳抹的女子。盘龙：钗名，此处指金屈膝上盘龙状花纹。西晋崔豹撰《古今注》中有言：『蟠龙钗，梁冀妻所制。』屈膝：门窗、屏风等物相连的铰链。

⑯ 御史：官名，负责监察官员。廷尉：官名，负责刑狱。乌：乌鸦。

全唐诗精选

⑰ 朱城：宫城。玉道：漂亮的道路。翠幰（xiǎn）：饰有翠绿色羽毛的车帷，指贵妇所乘的车子。金堤：坚固的河堤。

⑱ 挟弹飞鹰：指打猎。杜陵：地名，在长安东南，原为杜县，因汉宣帝的陵墓在此而改称杜陵。探丸借客：行侠杀吏，替人报仇。渭桥：又名中渭桥，在长安西北，秦始皇时所建，因横跨渭水而得名。

⑲ 芙蓉剑：古剑名。娼家：妓女家。桃李蹊：指妓女所居之处。《史记·李将军列传》中有言：『桃李不言，下自成蹊。』

⑳ 啭（zhuàn）：宛转地歌唱。氛氲（yūn）：浓郁的香气。

㉑ 北堂：高堂，指娼家。

㉒ 北里：即长安城北的平康里，是妓女聚居之处。五剧：纵横交错的道路。三条：四通八达的道路。控：连接。三市：许多市场。

㉓ 佳气红尘：指车水马龙的热闹景象。此处数字均非实指。

㉔ 金吾：执金吾的简称，汉代禁卫军军官名。翡翠：指酒的颜色像翡翠一样。屠苏：美酒名。鹦鹉杯：用状如鹦鹉的海螺制成的酒杯。

㉕ 罗襦：绸制的短衣。燕歌赵舞：泛指美妙的歌舞。古时燕赵人擅长歌舞。

㉖ 转日回天：比喻势力极大，可以左右皇帝的意志。日、天：指皇帝。

㉗ 排：排除。灌夫：字仲孺，西汉人，勇猛任侠，好喝酒，被人构陷诛族。事见《史记·魏其武安侯列传》。判不：决不。萧相：指萧望之，字长倩，是萧何的六世孙，遭人诬告下狱，愤而饮鸩自杀。

㉘ 青虬、紫燕：均为骏马名。坐春风：在春风中纵马驰骋，十分得意。春，一作『生』。

㉙ 凌：超过。五公：指张汤、杜周、萧望之、冯奉世、史丹。五人均为汉代著名的权贵。

㉚ 节物风光：时间，风物。桑田碧海：沧海桑田。比喻世事变化很大。

㉛ 金阶白玉堂：形容宅第极其豪华。古乐府《相逢行》中有言：『黄金为君门，白玉为君堂。』

㉜ 扬子：指扬雄，字子云，西汉官吏、学者，四十余岁始游学长安，以文见召。晋代文学家左思所作《咏史八首》中有言：『寂寂扬子宅，门无卿相与。寥寥空宇中，所讲在玄虚。』一床书：指以书为伴的隐居生活。

㉝ 南山：指终南山，位于秦岭山脉中段，在今陕西西安南部。袭：钻进。裾：衣襟。

骆宾王

【作者简介】

骆宾王（约638—约684），义乌（今浙江义乌）人。唐代诗人，与王勃、杨炯、卢照邻合称『初唐四杰』。出身寒门，七岁能诗。唐高宗时供职道王府。历武功、长安两县主簿，仪凤三年（679）任侍御史。因上书议论朝政，触怒武后而下狱，第二年遇赦。后被贬为临海丞，郁郁不得志，弃官而去。徐敬业在扬州起兵反对武后，骆宾王任职徐府，掌管文书机要。嗣圣元年（684）十一月，徐敬业兵败被杀，骆宾王下落不明。至于结局，一说他被杀，一说他投江而死，一说他亡命不知所终。

在狱咏蝉

西陆蝉声唱，南冠客思侵①。那堪玄鬓影，来对白头吟②！露重飞难进，风多响易沈③。无人信高洁，谁为表予心④！

【注释】

① 西陆：秋天。南冠：指囚徒。侵：一作『深』。

② 那堪：怎堪，怎么承受。玄鬓：蝉的黑色翅膀。白头吟：乐府《楚调曲》调名。

③ 露重：秋露浓重。进：高，前进。响：蝉声。沈：通『沉』，沉没，掩盖。

④ 高洁：清高洁白。古人认为蝉栖于树，吸露餐风，是高洁之物。予：通『余』，我。

于易水送人①

此地别燕丹，壮士发冲冠②。昔时人已没，今日水犹寒③。

【注释】

① 易水：也称易河，位于河北易县境内。荆轲入秦行刺秦王，燕太子丹在易水送行。《战国策·燕策三》中有言：『风萧萧兮易水寒，壮士一去兮不复还。』

② 此地：这里，指易水岸边。燕丹：指燕太子丹。壮士：指荆轲。

③ 昔时：过去，从前。人：指荆轲。没（mò）：通『殁』，死。水：易水里的水。

苏味道

【作者简介】

苏味道（648—705），栾城（今河北石家庄栾城区）人。唐代政治家、文学家。与杜审言、崔融、李峤并称为『文章四友』，与李峤并称『苏李』。自小聪颖，以文才出名，九岁能文，二十岁举进士。武则天当政时，官至宰相。他不愿得罪人，处事无决断，模棱两可，人称『苏模棱』。因阿附武则天宠臣张易之，在唐中宗时被贬为郿州刺史，死于任所。

正月十五日夜

火树银花合，星桥铁锁开①。暗尘随马去，明月逐人来②。游妓皆秾李，行歌尽落梅③。金吾不禁夜，玉漏莫相催④。

【注释】

① 火树银花：比喻灯光、焰火绚丽多彩。合：指灯光、焰火相连。星桥：城中河流像天上的星河，桥亦称为星桥。铁锁：指城门的锁。

② 暗尘：黑暗中马蹄扬起的尘土。逐人来：追随人流而来。

③ 游伎：歌女、舞女。妓，一作『伎』，一作『骑』。秾(nóng)李：美艳。落梅：曲调名，即《梅花落》。

④ 金吾：京城里的禁卫军。不禁夜：取消宵禁。唐朝时，京城每天晚上都要戒严，对私自夜行者处以重罚。一年之中只有正月十四、十五、十六三天例外。玉漏：用玉做的滴水计时器。

李峤

【作者简介】

李峤(644—714)，字巨山，赞皇(今河北赞皇)人。以文辞著于世，与苏味道并称『苏李』，与苏味道、杜审言、崔融合称『文章四友』，晚年被尊为『文章宿老』。早年进士及第，历任多个官职。在唐中宗、武则天时，三次被拜为宰相，后获封赵国公。唐睿宗时被贬为怀州刺史，唐玄宗时再被贬为滁州别驾。开元二年(714)病逝于庐州别驾任上，终年七十岁。历仕五朝，人品多受诟病。

中秋月(二首)

其一

盈缺青冥外①，东风万古吹。何人种丹桂，不长出轮枝②？

【注释】

① 青冥：青空，蔚蓝色的天空。

② 丹桂：桂花。出轮枝：伸出月轮外的枝条。

其二

圆魄上寒空，皆言四海同①。安知千里外，不有雨兼风②？

【注释】

① 圆魄：中秋圆月。魄：月出月没时的微光，通常代指月。

② 安知：怎么会知道？

陈子昂

【作者简介】

陈子昂(659—700)，字伯玉，射洪(今四川遂宁射洪)人。唐代诗人，初唐诗文革新人物之一。因在武则天时任右拾遗，被后世称为『陈拾遗』。少而任侠，因击剑伤人，弃武从文。唐睿宗文明元年(684)进士。直言敢谏，受株连下狱。后解职归乡，在父死后居丧期间，被县令段简所害，死于狱中。

登幽州台歌①

前不见古人，后不见来者②。念天地之悠悠，独怆然而涕下③。

【注释】

①幽州台：即黄金台，又名『蓟北楼』，是战国时燕昭王为招纳贤士而建，故址在今河北定兴。幽州：辖境包括今河北、北京和天津北部。

②念：想到。悠悠：形容时间的久远和空间的广阔。怆然：悲伤的样子。

送魏大从军①

匈奴犹未灭，魏绛复从戎②。怅别三河道，言追六郡雄③。雁山横代北，飞塞接云中④。勿使燕然上，惟留汉将功⑤。

【注释】

①魏大：陈子昂的友人。其姓魏，在兄弟中排行老大，故称魏大。

②犹：还。魏绛：春秋时晋国大夫，家住今山西新绛横桥乡文侯村。他提出并实施『和戎』之策，曾说『和戎有五利』，说服晋悼公依其言而行。从戎：参军。

③三河：指河东、河内、河南，相当于黄河流域中段平原地区。道：古时行政区划名。言：句首助词。六郡雄：六郡的英雄好汉。六郡指金城、陇西、天水、安定、北地、上郡。

④雁山：即雁门山，在今山西代县西北。代：代郡，即今山西代县。飞塞：即飞狐塞，在飞狐县（今河北涞源）之北。一作『狐塞』。云中：地名，即云州（今山西大同）。

⑤燕（yān）然：古山名，即今蒙古境内的杭爱山。此两句典出窦宪。东汉永元元年（89），车骑将军窦宪领兵大破北匈奴，登燕然山刻石勒功，纪汉威德。详见《后汉书·窦宪传》。

杜审言

【作者简介】

杜审言（约645—约708），字必简，襄阳（今湖北襄阳）人，后随父迁至河南巩县（今河南巩义），系杜甫祖父。与李峤、崔融、苏味道合称为『文章四友』，是唐代『近体诗』奠基人之一。唐高宗咸亨元年（670）进士，侍才傲世，曾任洛阳丞等小官，坐事贬吉州司户参军。武则天时，授著作郎，迁膳部员外郎。因与张易之有交往，唐中宗神龙初年被流放。不久，被召回为国子监主簿、修文馆直学士。

和晋陵陆丞早春游望①

独有宦游人，偏惊物候新②。云霞出海曙，梅柳渡江春③。淑气催黄鸟，晴光转绿蘋④。忽闻歌古调，归思欲沾巾⑤。

【注释】

①和：作诗应答。晋陵：即今江苏常州。陆丞：杜审言友人，姓陆。丞：官名，辅助主要官员的官吏。早春游望：诗名。

②宦游人：离开家乡外出做官的人。物候：景物随时节气候变化。

③曙：天刚亮。渡江：指春意过江。

④淑气：和暖的天气。黄鸟：黄莺。绿蘋：浮萍。蘋：即『萍』。

⑤古调：指陆丞原作《早春游望》。巾：一作『襟』。

登襄阳城

旅客三秋至，层城四望开①。楚山横地出，汉水接天回②。冠盖非新里，章华即旧台③。习池风景异，归路满尘埃④。

【注释】

①三秋：秋天的第三个月，即九月。层城：重重叠叠的城池。

②楚山：即马鞍山，又名望楚山，在襄樊西南。横地：横亘地上。汉水：即汉江，长江之流。回：回转。

③冠盖：地名，在今湖北襄阳宜城北，因官员聚集而得名。冠盖原指官员的帽子和车盖。章华：即章华台，春秋时楚灵王于公元前535年所建的离宫。

④习池：即习家池，系东汉初年侍中习郁的私家园林，位于今湖北襄阳凤凰山南麓。

夏日过郑七山斋①

共有樽中好，言寻谷口来②。薜萝山径入，荷芰水亭开③。日气含残雨，云阴送晚雷④。洛阳钟鼓至，车马系迟回⑤。

【注释】

①过：拜访，探望。郑七：人名，杜审言友人。山斋：山中住所。

②樽中好：饮酒的嗜好。言：句首语气词。谷口：古县名，位于今陕西咸阳淳化西北，多指隐居之所。

③薜萝二句：上句言相访时循薜萝山径而入，下句言主人邀客至荷芰水亭开樽宴饮。薜(bì)：木本植物。萝：蔓生植物。荷芰(jì)，即芰荷，菱角。

④日气：雨后太阳光照耀所散发的雾气。晚雷：黄昏的雷声。

⑤迟回：徘徊。

沈佺期

【作者简介】

沈佺期(约656—约713)，字云卿，内黄(今河南安阳内黄)人。唐代诗人，与宋之问齐名，合称『沈宋』。唐高宗上元二年(675)进士。曾因受贿入狱。武则天时，官至考功员外郎。后因谄交张易之被流放，不久迁台州录事参军。唐中宗时，历任修文馆直学士、中书舍人、太子少詹事。

独不见①

卢家少妇郁金堂，海燕双栖玳瑁梁②。九月寒砧催木叶，十年征戍忆辽阳③。白狼河北音书断，丹凤城南秋夜长④。谁为含愁独不见，更教明月照流黄⑤。

【注释】

① 独不见：乐府旧题，大抵抒写思而不见的思妇之悲。

② 卢家少妇：泛指少妇。萧衍《河中之水歌》中有言：『河中之水向东流，洛阳女儿名莫愁。莫愁十三能织绮，十四采桑东陌头。十五嫁为卢家妇，十六生儿字阿侯。卢家兰室桂为梁，中有郁金苏合香。』郁金堂：以郁金香浸酒和泥涂抹墙壁。堂：一作『香』。海燕：又名越燕，燕的一种，因产于古百越之地而得名。玳(dài)瑁(mào)梁：用玳瑁装饰的屋梁。玳瑁：海生龟类，古时常用作装饰品。

③ 寒砧(zhēn)：赶制冬服，寄给征人。砧：捣衣用的垫石。木叶：树叶。辽阳：辽河以北，泛指辽东，相当于今辽宁东部和南部。

④ 白狼河：即大凌河，位于今辽宁南部。音书：音信。音：一作『军』。丹凤城：长安。

⑤ 谁为：即为谁。为：一作『谓』，一作『知』。更教：一作『使妾』。教：使。照：一作『对』。流黄：黄紫相间的丝织帷帐。

宋之问

【作者简介】

宋之问(约656—约712)，字延清，汾州(今山西汾阳)人，一说弘农(今河南灵宝)人。一名少连。初唐时期诗人，与沈佺期并称『沈宋』，与陈子昂、卢藏用、司马承祯、王适、毕构、李白、孟浩然、王维、贺知章合称『仙宗十友』。身材高大，仪表堂堂。唐高宗上元二年(675)进士，官至左骁卫郎将、东台详正学士。武则天时，颇受恩宠，任尚方监丞、左奉宸内供奉，与沈佺期等谄事张易之，后被贬为泷州参军。唐中宗时，任考功员外郎、修文馆学士。因受贿被贬为越州长史。唐睿宗时遭流放钦州(今广西钦州)，唐玄宗时被赐死。

全唐诗精选

度大庾岭①

度岭方辞国，停轺一望家②。魂随南翥鸟，泪尽北枝花③。山雨初含霁④，江云欲变霞。但令归有日，不敢恨长沙⑤。

【注释】

① 大庾岭：五岭(其他四岭为越城岭、都庞岭、萌渚岭、骑田岭)之一，也称梅岭，在今江西大余和广东南雄交界处。

② 辞国：离开京城。国：国都，京城。轺(yáo)：由一匹马驾辕的马车。

③ 翥(zhù)：鸟向上飞。南翥鸟：一说泛指南飞的鸟，一说指鹧鸪，一说是大雁。北枝花：大庾岭北的梅花。

④ 霁：雨或雪止天晴。

⑤ 但令：只要有。长沙：典出西汉贾谊故事。贾谊年少多才，汉文帝欲任命他为公卿。但遭谗言，后被授长沙(今湖南长沙一带)王太傅。《史记·屈原贾生列传》中记载：『乃以贾生为长沙王太傅。贾生既辞往行，闻长沙卑湿，自以寿不得长，又以谪去，意不自得。』

渡汉江

岭外音书断①，经冬复历春。近乡情更怯，不敢问来人②。

【注释】

① 岭外：五岭以南。

② 来人：从家乡来的人。

张若虚

【作者简介】

张若虚（生卒年不详），扬州（今江苏扬州）人。初唐诗人。与吴越文士贺知章、贺朝、万齐融、邢巨、包融驰名京都，与贺知章、张旭、包融并称『吴中四士』。曾官兖州兵曹。主要活动在7世纪中期至8世纪前期，唐玄宗开元年间还在世。

春江花月夜

春江潮水连海平①，海上明月共潮生。滟滟随波千万里②，何处春江无月明！江流宛转绕芳甸，月照花林皆似霰③。空里流霜不觉飞，汀上白沙看不见④。江天一色无纤尘，皎皎空中孤月轮⑤。江畔何人初见月？江月何年初照人？人生代代无穷已，江月年年望相似⑥。不知江月待何人，但见长江送流水。白云一片去悠悠，青枫浦上不胜愁⑦。谁家今夜扁舟子，何处相思明月楼⑧？可怜楼上月徘徊，应照离人妆镜台⑨。玉户帘中卷不去，捣衣砧上拂还来。此时相望不相闻，愿逐月华流照君。鸿雁长飞光不度，鱼龙潜跃水成文⑩。昨夜闲潭梦落花⑪，可怜春半不还家。江水流春去欲尽，江潭落月复西斜。斜月沈沈藏海雾，碣石潇湘无限路⑫。不知乘月几人归，落月摇情满江树⑬。

【注释】

①海：指宽阔的江面。

②滟（yàn）滟：波光荡漾。里：一作『顷』。

③芳甸：芳草茂盛的原野。霰（xiàn）：水蒸气遇到冷空气凝结成的小冰粒。

④流霜：古人以为霜是从空中落下来的，故名。汀：水边沙地。

⑤月轮：月亮。因为月圆时像车轮，故名。

⑥望：一作『只』。

⑦悠悠：飘动的样子。青枫浦：地名，在今湖南浏阳南，为古浏阳八景之一。此处泛指遥远荒僻的水边之地。浦：古时一般指离别之地。

⑧扁舟子：飘荡江湖的游子。明月楼：月夜中的闺楼。此处指相思闺妇。

⑨月徘徊：月光徘徊不离开，令人不胜相思。妆镜台：梳妆台。

⑩文：同『纹』。

⑪闲潭：幽静的水潭。

⑫沈沈：同『沉沉』。碣石：山名，自汉末起已逐渐沉没海中，在今河北昌黎北。潇：指湖南境内的潇水。湘：湘江。碣石与潇湘，一南一北，指路途遥远，相聚无望。

⑬摇情：牵情，情思激荡。

郭震

【作者简介】

郭震（656—713），字元振，贵乡（今河北邯郸大名）人。唐朝名将。年十八举进士，及第，授通泉县尉。武则天时受赏识，为凉州都护，立有战功，其间大兴屯田，使凉州地区得以发展。唐中宗时，迁安西大都护。后因得罪宰相宗楚客，险遭陷害。唐睿宗时，历任太仆卿、吏部尚书。唐玄宗初年，再次拜相，封代国公，命为朔方大总管。因军容不整被流配新州，后起复为饶州司马，在赴任途中病死。

塞上①

塞外虏尘飞，频年出武威②。死生随玉剑，辛苦向金微③。久戍人将老，长征马不肥。仍闻酒泉郡，已合数重围④。

【注释】

①塞上：塞外，塞北。即凉州地区。

②虏尘飞：敌军侵扰，尘土飞扬。虏：古时称北方少数民族为虏。武威：即今甘肃武威。

③玉剑：即玉具剑，以玉为饰的剑。金微：金微山，即今阿尔泰山。

④酒泉郡：郡名，汉武帝元狩二年（前121）置，治所在今甘肃酒泉。

金昌绪

【作者简介】

金昌绪，生卒年、生平事迹均不详，身世不可考，约为余杭（今浙江余杭）人。唐代诗人。所存诗作仅《春怨》，但广为流传。计有功编入《唐诗纪事》卷一五，列在苏晋、张九龄之前，推知当是开元、天宝时人。

春怨

打起黄莺儿，莫教枝上啼①。啼时惊妾梦，不得到辽西②。

【注释】

①打起：一作『打却』。

②啼时：一作『几回』。辽西：古郡名，是当时女子丈夫的征戍之地，辖辽河以西地区，治所在今辽宁锦州义县西。

张九龄

【作者简介】

张九龄（678—740），字子寿，一名博物，曲江（今广东韶关）人，谥文献。世称『张曲江』『文献公』。唐朝诗人，被誉为『岭南第一人』。出身官宦世家，幼时聪敏，善文。唐中宗景龙初年进士，始调校书郎。唐玄宗时，历官中书侍郎、同中书门下平章事、中书令。举止优雅，风度不凡。为官刚直不阿，是唐玄宗开元时代的贤相。

湖口望庐山瀑布水①

万丈红泉落，迢迢半紫氛②。奔流下杂树，洒落出重云③。日照虹霓似，天清风雨闻。灵山多秀色，空水共氤氲④。

【注释】

①湖口：即鄱阳湖口。庐山位于鄱阳湖西北。

②红泉：在日光照映下发出红色的瀑布水。一作『洪泉』。迢迢：形容瀑布落水很长。紫氛：紫色的水气。

③杂树：杂乱生长的树木。重云：层层叠叠的云彩。

④灵山：形容庐山的灵仙。空：天空中的云。氤(yīn)氲(yūn)：云气、水气弥漫流动的样子。

望月怀远①

海上生明月，天涯共此时。情人怨遥夜，竟夕起相思②。灭烛怜光满，披衣觉露滋③。不堪盈手赠，还寝梦佳期④。

【注释】

① 怀远：怀念远方的亲人。

② 情人：多情的人，指诗人自己。一说指亲人。遥夜：漫长的夜。竟夕：终夜，通宵。

③ 怜：爱怜。光满：明亮皎洁的月光充满屋子。滋：湿润。

④ 不堪：不能。盈手：双手捧满。佳期：会见之期。

王翰

【作者简介】

王翰（687—726），字子羽，晋阳（今山西太原）人。唐代边塞诗人，诗作仅存十四首。景云元年（710）进士，调昌乐尉。受知于开元名相张说，召为秘书正字，擢通事舍人。累官至驾部员外郎。性格豪迈，以饮酒为事；生活奢靡，穷极声妓之乐。待张说罢相，出为汝州长史。后贬道州司马，卒于赴任途中。

凉州词（其一）①

葡萄美酒夜光杯，欲饮琵琶马上催②。醉卧沙场君莫笑，古来征战几人回！

【注释】

① 凉州词：唐乐府名，是《凉州曲》的唱词，于盛唐时流行的一种曲调名。凉州：治所在今甘肃武威。

② 葡萄：一作『蒲桃』。夜光杯：用白玉制成的酒杯，光可照明。此处泛指华贵、精美的酒杯。琵琶：古时以在马上弹奏琵琶作为开始作战的信号。

王湾

【作者简介】

王湾（约693—约751），洛阳（今河南洛阳）人。唐代诗人。唐玄宗先天年间（712—713）进士，授荥阳县主簿，后参与集部的编撰辑集工作，书成之后，授洛阳尉。

江南意①

南国多新意，东行伺早天②。潮平两岸阔，风正一帆悬③。海日生残夜，江春入旧年④。从来观气象，惟向此中偏⑤。

【注释】

① 江南意：又作《次北固山下》，两诗内容有所差异。《次北固山下》诗句为：『客路青山外，行舟绿水前。潮平两岸阔，风正一帆悬。海日生残夜，江春入旧年。乡书何处达？归雁洛阳边。』

② 南国：南方。新意：春意。东行：沿江东下。伺：察看。早天：早晨的天气。

③ 潮平：潮满，潮水涨至最高位。阔：一作『失』。风正：顺风。

④ 海日：江上的旭日。残夜：夜晚将尽之时。江春：江南的春天。

⑤ 此中：这里，指长江。

孙逖

【作者简介】

孙逖(696—761)，武水(今山东聊城东昌府)人，迁居河南巩县(今河南巩县)。唐朝史学家。相貌英俊，才思敏捷。开元二年(714)，以第一名登第，成为朝野尽知的少年状元。授山阴(今浙江绍兴)尉，迁秘书正字。后授左拾遗。因病官终太子少詹事。他和颜真卿、李华、萧颖士同时，工古、近体诗，颇负时名。颜真卿为其集作序。

宿云门寺阁①

香阁东山下，烟花象外幽②。悬灯千障夕，卷幔五湖秋③。画壁飞鸿雁，纱窗宿斗牛④。更疑天路近，梦与白云游。

【注释】

① 云门寺：位于今浙江绍兴城南，始建于东晋义熙三年(407)。是著名的书法胜地。阁：阁楼。

② 香阁：香烟缭绕的阁楼，即佛阁。东山：云门山的别称。烟花：指天气晴朗时景色。象外：物象之外，指不停留在具体形状上而领会其旨趣。

③ 障：通『嶂』，陡峭的山峰。五湖：太湖。古以洞庭湖、彭蠡(鄱阳湖)、太湖、巢湖、鉴湖为五湖。

④ 斗牛：指斗星宿和牛星宿，泛指天空中的星群。飞：一作『余』。

贺知章

【作者简介】

贺知章(约659—约744)，字季真，会稽(今浙江绍兴)人。唐代诗人、书法家。与张若虚、张旭、包融并称『吴中四士』，与李白、李适之、汝阳王李琎、崔宗之、苏晋、张旭、焦遂合称『饮中八仙』，与陈子昂、卢藏用、宋之问、王适、毕构、李白、孟浩然、王维、司马承祯合称『仙宗十友』。少时即以诗文闻名。武则天证圣元年(695)进士，是浙江历史上第一位有资料记载的状元。授国子四门博士，迁太常博士。后官至太子宾客、秘书监。天宝三年(744)，因病请度为道士，回到故乡，不久去世。晚年自号『四明狂客』『秘书外监』。

咏柳

碧玉妆成一树高①，万条垂下绿丝绦②。不知细叶谁裁出，二月春风似剪刀。

【注释】

① 碧玉：碧绿色的玉，一说古美女名。此处比喻春天嫩绿的柳叶。妆：装饰，打扮。一树：满树。

② 丝绦(tāo)：用丝编成的绳带，形容像丝带一样的柳条。

回乡偶书(其一)①

少小离家老大回，乡音无改鬓毛衰②。儿童相见不相识，笑问客从何处来③。

【注释】

① 偶书：偶然写作。

② 少小：年少。贺知章三十七岁中进士，此前早就离开故乡。老大：年纪大。衰(cuī)：疏落，减少。

③ 笑问：一作『却问』，一作『借问』。

张旭

【作者简介】

张旭，生卒年不详，字伯高，季明，吴县（今江苏苏州）人，开元、天宝年间在世。唐朝书法家，以草书著名，史称『草圣』。与李白诗歌、裴旻剑舞合称『三绝』。曾官常熟县尉，后任金吾长史，人称『张长史』。嗜好饮酒，为狂士，洒脱不羁，学识渊博。后怀素继承和发展了其草书笔法，二人并称『颠张醉素』。

桃花溪①

隐隐飞桥隔野烟，石矶西畔问渔船②。桃花尽日随流水，洞在清溪何处边③？

【注释】

① 桃花溪：位于今湖南常德桃源县桃源山下。

② 飞桥：很高的桥。矶：水中的石头或水边突出的岩石、石堆。

③ 尽日：整日。洞：指桃花溪附近的桃花洞，亦称秦人洞。

孟浩然

【作者简介】

孟浩然（689—740），名浩，字浩然，襄阳（今湖北襄阳）人，世称『孟襄阳』。一生未入仕，又称『孟山人』。唐代山水田园派诗人。曾隐居鹿门山。开元十六年（728年），年四十时在长安应进士举，不第。开元二十二年（734年），孟浩然第二次前往长安求仕，仍不得。开元二十五年（737），张九龄镇荆州时，被招致幕府。后患背疽，纵情饮宴而死。

夏日南亭怀辛大①

山光忽西落，池月渐东上②。散发乘夕凉，开轩卧闲敞③。荷风送香气，竹露滴清响④。欲取鸣琴弹，恨无知音赏⑤。感此怀故人，中宵劳梦想⑥。

【注释】

① 辛大：孟浩然友人，姓辛，排行老大，一说辛谔。

② 山光：傍山的日光。落：一作『发』。池月：池边的月色。

③ 散发：打开头发。古人有束发戴帽的习惯。轩：有窗槛的长廊，此处指窗。闲敞：幽静宽敞之处。

④ 清响：清脆的响声。

⑤ 鸣琴：即琴。恨：可惜。

⑥ 中宵：半夜。劳：苦于。

晚泊浔阳望香炉峰①

挂席几千里②，名山都未逢。泊舟浔阳郭③，始见香炉峰。尝读远公传④，永怀尘外踪。东林精舍近⑤，日暮但闻钟。

【注释】

①题目一说《晚泊浔阳望庐山》。浔阳：即今江西九江。香炉峰：庐山山峰，有南北两座。

②挂席：扬帆。

③郭：外城。

④远公：东晋东林寺高僧慧远，俗姓贾，楼烦（今山西太原娄烦）人。

⑤东林精舍：即东林寺，位于庐山西麓。慧远在庐山时，曾住在东林寺。精舍：僧道居住或布法说道的处所。

临洞庭湖赠张丞相①

八月湖水平，涵虚混太清②。气蒸云梦泽，波撼岳阳城③。欲济无舟楫，端居耻圣明④。坐观垂钓者，徒有羡鱼情⑤。

【注释】

①张丞相：即张九龄。

②湖水平：湖水与天相接。涵虚：天空倒映在水中，与水混同。虚：太虚，即元气。太清：天空。

③气蒸：水汽蒸腾。一作『气吞』。云梦泽：范围很广，是现在湖北南部、湖南北部一带低洼之地的总称，以长江为界，江北为云，江南

为梦。岳阳城：即今湖南岳阳，在洞庭湖东岸。

④济：渡。端居：闲居。耻圣明：有愧于圣明之世。圣明：太平之时。

⑤坐观：一作『徒怜』。者：一作『叟』。徒：一作『空』。羡鱼：《淮南子·说林训》中有言：『临河而羡鱼，不如归家织网。』

广陵别薛八①

士有不得志，栖栖吴楚间②。广陵相遇罢，彭蠡泛舟还③。樯出江中树，波连海上山④。风帆明日远，何处更追攀！

【注释】

①题目一作《送友东归》。广陵：治所在今江苏扬州广陵。薛八：孟浩然友人，姓薛，排行第八。

②栖栖：孤寂零落。吴楚：吴国、楚国，泛指长江流域。

③罢：离开。彭蠡：即鄱阳湖，在今江西北部。

④樯：桅竿。海：长江。

过故人庄

故人具鸡黍，邀我至田家①。绿树村边合②，青山郭外斜。开轩面场圃，把酒话桑麻③。待到重阳日，还来就菊花④。

【注释】

①具：准备，置办。鸡黍：鸡和黄米，指农家招待客人的丰盛饭菜。田家：农家。

②合：环绕。

③轩：窗。面：面朝，面对。场：打谷场。圃：菜园。把酒：端着酒杯，指饮酒。话桑麻：闲谈农事。桑麻：养蚕和织麻，泛指农事。

④重阳日：即重阳节，农历九月初九。就菊花：饮菊花酒。古时重阳节有登高、喝菊花酒等习俗。

岁暮归南山①

北阙休上书，南山归敝庐②。不才明主弃，多病故人疏③。白发催年老，青阳逼岁除④。永怀愁不寐，松月夜窗虚⑤。

【注释】

①题目一作《归故园作》，一作《归终南山》。岁暮：年终。南山：指道教名山岘(xiàn)山，在湖北襄阳境内。一说终南山。

②北阙：皇宫北面的门楼，指称朝廷。休上书：停止上奏章。敝庐：破落的房子，指贫穷的家园。

③不才：没有才华，不成材。明主：圣明的君主。多病：一作「卧病」。疏：疏远。

④青阳：春天。逼：催逼，催促。岁除：一年过去。

⑤永怀：长久思怀。寐：一作「寝」。虚：空寂，一作「堂」。

舟中晓望

挂席东南望①，青山水国遥②。舳舻争利涉③，来往接风潮④。问我今何去，天台访石桥⑤。坐看霞色晓，疑是赤城标⑥。

【注释】

①挂席：扬帆。

②水国：水乡。

③舳(zhú)舻(lú)：泛指船只。舳：船尾。舻：船头。利涉：航行。

④接：靠近。一作「任」。风潮：狂风怒潮。

⑤天台：天台山，位于今浙江天台北。

⑥赤城标：赤城山的顶巅。赤城：赤城山，又称烧山，为丹霞地貌，因石赤如霞而得名，在天台县北，是天台山南门。

春晓

春眠不觉晓，处处闻啼鸟。夜来风雨声，花落知多少！

王维

【作者简介】

王维（约699—761），字摩诘，号摩诘居士，蒲州（今山西永济）人，祖籍祁州（今山西祁县）。唐朝诗人、画家，与孟浩然合称「王孟」，有「诗佛」之称。被后人推为南宗山水画之祖。开元十九年（731）进士，为太乐丞。因伶人舞黄狮子受累，贬济州司仓参军。张九龄为相时，擢为右拾遗，转监察御史，迁给事中。安史之乱中为叛军所俘，被迫署伪职。长安收复后，以诏贼官论罪，降任太子中允。唐肃宗乾元年间任尚书右丞，世称「王右丞」。

渭川田家①

斜光照墟落②，穷巷牛羊归。野老念牧童，倚杖候荆扉③。雉雊麦苗秀④，蚕眠桑叶稀。田夫荷锄立，相见语依依⑤。即此羡闲逸，怅然吟式微⑥。

【注释】

①渭川：渭河，黄河最大的支流，源于甘肃，流经陕西注入黄河。田家：农家。

②斜光：一作『斜阳』。墟落：村庄。穷巷：僻巷。

③野老：乡间老人。倚杖：拄着拐杖。荆扉：柴门。

④雉(zhì)雊(gòu)：野鸡鸣叫。

⑤荷：肩负。立：一作『至』。依依：依恋不舍。

⑥即此：身临前文所说的情景。式微：《诗经》篇名，诗中有言：『式微，式微，胡不归！』此处取其归隐之义。

西施咏

艳色天下重，西施宁久微①？朝为越溪女，暮作吴宫妃②。贱日岂殊众？贵来方悟稀③。邀人傅脂粉，不自着罗衣④。君宠益骄态，君怜无是非。当时浣纱伴⑤，莫得同车归。持谢邻家子，效颦安可希⑥！

【注释】

①重：表示程度深。宁：一作『又』。微：寒微，指处于下层的社会地位。

②为：一作『仍』。暮：一作『暝』。吴宫妃：战国时越王勾践为复国，将西施献给吴王夫差。一作『吴王姬』。

③贱日：贫贱的日子。殊众：不同于众，出众。

④傅：涂抹。脂：一作『香』。罗衣：丝织的衣服。

⑤当：一作『常』。浣纱伴：曾经和西施在一起洗衣服的女子。西施自幼随母在江边洗衣服，故称『浣纱女』。

⑥持谢：奉告。一作『寄言』，一作『寄谢』。子：一作『女』。效颦：仿效西施皱眉。颦：皱眉。安可希：怎么能希望别人欣赏？

桃源行

渔舟逐水爱山春，两岸桃花夹古津①。坐看红树不知远，行尽青溪忽值人②。山口潜行始隈隩，山开旷望旋平陆③。遥看一处攒云树，近入千家散花竹④。樵客初传汉姓名，居人未改秦衣服⑤。居人共住武陵源，还从物外起田园⑥。月明松下房栊静⑦，月出云中鸡犬喧。惊闻俗客争来集，竞引还家问都邑⑧。平明闾巷扫花开，薄暮渔樵乘水入⑨。初因避地去人间⑩，更问神仙遂不还。峡里谁知有人事，世中遥望空云山。不疑灵境难闻见，尘心未尽思乡县⑪。出洞无论隔山水，辞家终拟长游衍⑫。自谓经过旧不迷⑬，安知峰壑今来变。当时只记入山深，青溪几度到云林⑭。春来遍地桃花水⑮，不辨仙源何处寻。

【注释】

①逐水：顺着溪水。古津：一作『去津』。津：渡口。

②坐：因为。红树：桃树，因桃花绽放而颜色鲜艳。忽值：一作『不见』。值：遇到。

③隈(wēi)隩(yù)：山、水的幽深曲折处。旷望：视野开阔，豁然开朗。旋：旋即，忽然。平陆：平坦的原野。

④攒：聚集。散花竹：到处都是鲜花、翠竹。

⑤樵客：此处指渔人。古时渔、樵并称，可以通用。居人：居民。秦：秦朝。

⑥武陵源：即桃花源，在今湖南常德桃源县。晋时，此处属武陵郡（治所在今湖南常德），所以称武陵源。物外：世外。

⑦房栊(lóng)：窗户。
⑧俗客：俗世的人，即闯入桃花源的渔人。集：邀请。都邑：此处指桃源人原来的家乡。
⑨平明：天刚亮。薄暮：傍晚。渔樵：渔人。
⑩避地：迁居到此躲避灾祸。去：离开。
⑪灵境：仙境。尘心：凡心，世俗之心。乡县：家乡。
⑫游衍：从容不迫地游逛，留连不走。
⑬旧：旧路，到过的地方。
⑭云林：山中树林。含无尽惋叹之意。
⑮桃花水：春天的河水。桃花盛开时，江河里的水暴涨，因此遍地流淌。

陇头吟①

长安少年游侠客，夜上戍楼看太白②。陇头明月迥临关，陇上行人夜吹笛③。关西老将不胜愁，驻马听之双泪流④。身经大小百余战，麾下偏裨万户侯⑤。苏武才为典属国，节旄空尽海西头⑥。

【注释】

①陇头吟：汉代乐府曲辞名。
②长安：一作『长城』。戍楼：边境的瞭望楼。太白：金星。古人认为太白星的星象与战争有关，可预示战事。
③陇头：指陇山一带，大致在今陕西陇县到甘肃清水县一带，借指边塞。迥：远。
④关西：函谷关以西。驻马：停马。
⑤身：一作『曾』。麾下：部下。偏裨(pí)：偏将与裨将。万户侯：有万户食邑的侯。古代封侯爵有食邑，食邑的大小以户为计算单位。
⑥苏武（前140—前60）：字子卿，杜陵（今陕西西安）人。天汉元年（前100）奉命出使匈奴，被扣留十九年，持节不屈，至始元六年（前81）方获释回汉。典属国：掌管藩属国家事务的官员。节旄(máo)：旌节，使臣所持信物，上缀牦牛尾饰物。空尽：一作『零落』，一作『落尽』，一作『空落』。海西：一作『海南』。海：北海，即今贝加尔湖。

老将行

少年十五二十时，步行夺得胡马骑①。射杀山中白额虎，肯数邺下黄须儿②？一身转战三千里，一剑曾当百万师。汉兵奋迅如霹雳，虏骑崩腾畏蒺藜③。卫青不败由天幸，李广无功缘数奇④。自从弃置便衰朽，世事蹉跎成白首。昔时飞箭无全目，今日垂杨生左肘⑤。路旁时卖故侯瓜，门前学种先生柳⑥。苍茫古木连穷巷，寥落寒山对虚牖⑦。誓令疏勒出飞泉，不似颍川空使酒⑧。贺兰山下阵如云，羽檄交驰日夕闻⑨。节使三河募年少，诏书五道出将军⑩。试拂铁衣如雪色，聊持宝剑动星文⑪。愿得燕弓射大将，耻令越甲鸣吾君⑫。莫嫌旧日云中守，犹堪一战立功勋⑬。

【注释】

①此两句借用汉代名将李广的典故，表现年轻人的机智勇敢。《史记·李将军列传》中记载：『（李）广以卫尉为将军，出雁门，击匈奴。匈奴兵多，破败广军，生得广。……胡骑得广，广时伤病，置广两马间，络而盛卧广。行十余里，广佯死。睨其旁有一胡儿，骑善马，广暂（忽）腾而上胡儿马，因推堕儿，取其弓。鞭马南驰数十里，复得其余军，因引而入塞。』夺得：一作『夺取』。胡马：泛指产在西北民族地区的马。
②白额虎：老虎中最凶猛的一种。肯数：不让，岂止。邺下：邺城，遗址主体在今河南安阳境内。黄须儿：指曹彰，曹操第二子。其性刚猛，胡须黄色。
③蒺藜：此处指铁蒺藜，战地用以防御的障碍物。
④卫青：西汉名将，汉武帝皇后卫子夫的弟弟，征伐匈奴建功，官至大将军。李广：西汉名将，身经百战，威震匈奴。缘：因为。数：

命运。奇：与偶相对。数奇：指运气不好。

⑤飞箭：一作「飞雀」。无全目：有一只眼睛瞎，指射箭技艺精湛。垂杨生左肘：此为王维误用。《庄子·至乐》中有言：「支离叔与滑介叔观于冥柏之丘，昆仑之虚，黄帝之所休，俄而柳生其左肘，其意蹶蹶然恶之。」柳为瘤，疡。

⑥故侯瓜：借用召（shào）平的典故。《史记·萧相国世家》中记载：「召平者，故秦东陵侯，秦破，为布衣，贫，种瓜于长安城东。瓜美，故世俗谓之东陵瓜，从召平以为名也。」先生柳：借用陶渊明典故。晋陶潜弃官归隐后，门前种有五株杨柳，著《五柳先生传》。

⑦苍茫：一作「茫茫」。连：一作「迷」。寥：一作「辽」。牖（yǒu）：窗户。

⑧疏勒：疏勒城，在今新疆疏勒县。据《后汉书·耿恭传》记载，耿恭占据疏勒城，涧水被匈奴人断绝，掘井但不得水便向天虔诚祈祷，果然得水。颍川：指灌夫，汉景帝时将军，家住颍川（治所为今河南许昌禹州）。使酒：恃酒逞意气。《史记·魏其武安侯列传》中记载：「灌夫为人刚直使酒。……诸所与交通，无非豪桀大猾。家累数千万，食客日数十百人，陂池田园，宗族宾客为权利，横于颍川。」

⑨贺兰山：山名，在今宁夏贺兰县西。羽檄：军用紧急文书。

⑩节使：节度使（古时地方军政长官）的简称。三河：指河东、河内、河南，相当于黄河流域中段平原地区。出：下令出征。

⑪聊持：且持。动：闪光。星文：指剑上所嵌的七星文。

⑫燕弓：燕地所产的角弓，以坚劲著名。大将：一作「天将」。耻令越甲鸣吾君：以敌人军队惊动国君为可耻。刘向《说苑·立节篇》中记载：「越甲至齐，雍门子狄请死之。齐王曰：「鼓铎之声未闻，矢石未交，长兵未接，子何务死之为？……」对曰：「臣闻之，昔王田于囿，左毂鸣，车右请死之。王曰：子何为死？车右曰：为其鸣吾君也。……今越甲至，其鸣吾君也，岂左毂之下哉？」遂刎颈而死。是日，越人引甲而退七十里。」君：一作「军」。

⑬云中守：指汉文帝时的云中太守魏尚。据《史记·张释之冯唐列传》中记载，汉文帝时，魏尚为云中太守，镇守北边，深得军心，匈奴不敢犯境，后被削爵为民。有一次，冯唐和文帝说起这件事，为他抱不平，文帝便命冯唐持节赦魏尚罪，恢复了他的官职。立：一作「取」，一作「树」。

观猎①

风劲角弓鸣，将军猎渭城②。草枯鹰眼疾，雪尽马蹄轻③。忽过新丰市，还归细柳营④。回看射雕处，千里暮云平⑤。

【注释】

①题目一作《猎奇》。

②角弓：以兽角装饰的弓。渭城：即咸阳故城，在今陕西西安西北。

③鹰：猎鹰。眼疾：眼光敏锐。尽：融化完。

④新丰市：故址在今陕西临潼东。市：一作「戍」。细柳营：在今陕西西安长安区境内，是汉代名将周亚夫的军营所在地。《史记·绛侯周勃世家》：「亚夫为将军，军细柳以备胡。」

⑤射雕处：即射猎的地方。暮云平：傍晚的云层与大地连成一片。

汉江临泛

楚塞三湘接，荆门九派通①。江流天地外，山色有无中②。郡邑浮前浦，波澜动远空③。襄阳好风日，留醉与山翁④。

【注释】

①楚塞：楚国边境，指汉水流域。三湘：一说湘水总称（与沅湘、潇湘、蒸湘分别合流）；一说是湖南湘潭、湘阴、湘乡合称。荆门：即荆门山，在湖北宜都西北、长江南岸。九派：长江。

② 有无中：有无之间，指山色若隐若现。

③ 郡邑：汉江两岸的城镇。浮前浦：浮在水面上。浦：水边之地。动：震动。

④ 襄阳：即今湖北襄樊。与：共。山翁：指山简，西晋将领，镇守襄阳，有政绩，好酒喜醉。一说指襄阳地方官，一说作者以山简自喻。一作『山公』。

过香积寺①

不知香积寺，数里入云峰。古木无人径，深山何处钟②。泉声咽危石，日色冷青松③。薄暮空潭曲，安禅制毒龙④。

【注释】

① 香积寺：位于今陕西西安长安区境内。

② 钟：寺庙的钟鸣声。

③ 咽：呜咽。冷：冷光。

④ 空潭：澄澈的深潭。曲：幽深之处。安禅：安静地打坐。毒龙：佛家术语，邪念妄想。

冬晚对雪忆胡居士家①

寒更传晓箭，清镜览衰颜②。隔牖风惊竹，开门雪满山。洒空深巷静，积素广庭闲③。借问袁安舍，翛然尚闭关④？

【注释】

① 胡：姓氏。居士：信佛而不出家的人，也指隐士。

② 寒更：寒夜的更点。晓箭：报晓的声音。箭：古代计时器漏壶下、用以指示时刻之物。清镜：明镜。衰颜：衰老的容颜。

③ 洒空：下雪。积素：积雪。广庭：公开的场所。

④ 袁安：借用袁安困雪的典故，指胡居士。袁安，东汉大臣，汝阳（今河南商水西南）人。据《后汉书》记载，有一年下了一丈多深的大雪，很多人都扫雪出来讨饭，只有袁安的家门前被雪封住。洛阳县令以为他已被冻死，命人清雪而入，却发现他躺在床上睡觉。众人问他为什么不出去，他说：『大雪天大家都在挨饿，不该去求人。』翛（xiāo）然：无拘无束、超脱的样子。

山居秋暝①

空山新雨后，天气晚来秋②。明月松间照，清泉石上流。竹喧归浣女，莲动下渔舟③。随意春芳歇，王孙自可留④。

【注释】

① 暝：傍晚。

② 空山：空寂的山野。晚来：夜晚降临。浣（huàn）女：洗衣服的女子。

③ 竹喧：竹林中的喧哗声。下渔舟：渔舟沿水下行。

④ 随意：任由。春芳：春天的芳华。歇：消失，消散。王孙：隐居的人。

终南山①

太乙近天都，连山到海隅②。白云回望合，青霭入看无③。分野中峰变，阴晴众壑殊④。欲投人处宿，隔水问樵夫⑤。

【注释】

①终南山：又名太乙山，位于陕西境内的秦岭山脉中段。

②太乙：终南山的主峰。近天都：高与天连。天都：天帝所居之处。连山：连绵不断的山峰。海隅：海边。

③合：连成一片。霭：云气。

④分野：古天文学名词，古人用天上星宿的位置区分地上区域。此处比喻太乙峰之大。壑：山谷。

⑤人处：有人烟之处。水：河。

送方尊师归嵩山①

仙官欲住九龙潭，旄节朱旛倚石龛②。山压天中半天上，洞穿江底出江南③。瀑布松杉常带雨，夕阳彩翠忽成岚④。借问迎来双白鹤，已曾衡岳送苏耽⑤？

【注释】

①方：姓氏。尊师：道士。

②仙官：有职位的神仙，此处指道士。九龙潭：位于嵩山北麓。旄节、朱旛：道士所用的法物。旄：一作『毛』。石龛：石阁。

③此两句上句形容山势之高，下句形容潭水之深。洞：九龙潭。

④彩翠：鲜艳翠绿的颜色。岚：雾气。

⑤苏耽：传说中的仙人，又称『苏仙公』，事见晋葛洪《神仙传·苏仙公》。此处以其比尊师。衡岳：南岳衡山。此处以其比嵩山。

积雨辋川庄作①

积雨空林烟火迟，蒸藜炊黍饷东菑②。漠漠水田飞白鹭，阴阴夏木啭黄鹂③。山中习静观朝槿，松下清斋折露葵④。野老与人争席罢，海鸥何事更相疑⑤？

【注释】

①积雨：久雨。辋(wǎng)川庄：王维在辋川的宅第，是王维隐居之处。辋川：即今陕西西安蓝田县辋川镇。

②空林：渺无人迹的树林。烟火迟：炊烟缓缓上升。藜：一年生草本植物，嫩叶可食。黍：一年生草本植物，子去皮后称为黄米，煮熟后可食。饷：送食物。菑(zī)：锄耕的田地，泛指农田。

③漠漠：形容广阔无际。阴阴：幽暗的样子。啭(zhuàn)：鸟婉转地鸣叫。

④习静：习养寂静的心性。朝槿：即木槿，夏季开花，朝开暮落。其常被用以喻事物变化迅速或时间短暂。清斋：素食。露葵：带露水的葵菜。

⑤野老：村野老人，此处指作者自己。争席、海鸥：均为用典，形容民风淳朴。《列子·黄帝篇》中有言：『杨朱南之沛，至梁而遇老子。老子曰：「而(尔)睢睢，而(尔)盱盱，而(尔)谁与居？大白若辱，大德若不足。」杨朱蹴然变容曰：「敬闻命矣。」其往也，舍者迎将家。公执席，妻执巾栉，舍者避席，炀者避灶。其反也，舍者与之争席矣。』又云：『海上之人有好沤(鸥)者，每旦之海上，从沤(鸥)鸟游。沤鸟之至者百住而不止。其父曰：「吾闻沤(鸥)鸟皆从汝游，汝取来，吾玩之。」明日之海上，沤(鸥)鸟舞而不下也。』

鹿柴①

空山不见人，但闻人语响。返景入深林，复照青苔上。

【注释】

①鹿柴(zhài)：王维隐居辋川时的住所之一。柴：通「寨」，用树木围成的栅栏。

②返景：太阳将落时，云彩反射阳光。景：同「影」。

木兰柴①

秋山敛余照②，飞鸟逐前侣。彩翠时分明，夕岚无处所③。

【注释】

①木兰柴(zhài)：王维隐居辋川时的住所之一。木兰：落叶乔木，开内白外紫大花。

②敛余照：收敛落日的余晖。

③彩翠：鲜艳翠绿的山色。岚：云气。无处所：无定处，飘忽不定。

息夫人①

莫以今时宠，宁忘旧日恩②？看花满眼泪，不共楚王言③。

全唐诗精选

【注释】

①息夫人：姓妫(guī)，春秋时期著名的美女之一，嫁给息国国君为妻。后楚文王消灭息国，将她据为已有。息夫人为楚王生了两个孩子，但始终不和楚王说一句话。楚王问息夫人原因，息夫人回答：「吾一妇人而事二夫，纵不能死，其又奚言！」

②今时宠：一作「今朝宠」。宁：岂能。一作「能」。

③旧日恩：一作「昔日恩」。满眼泪：一作「满目泪」。

鸟鸣涧

人闲桂花落，夜静春山空①。月出惊山鸟，时鸣春涧中②。

【注释】

①闲：悠闲，安静。春山：春日的山。空：空寂，空荡。

②时：偶尔。涧：山沟。

相思①

红豆生南国，春来发几枝②？愿君多采撷，此物最相思③。

【注释】

①题目一作「相思子」，一作「江上赠李龟年」。

②红豆：又名相思子，豆科植物，开白色或淡红色小花，果实鲜红，有的有黑色斑点，可做饰物。春来发几枝：一作「秋来发故枝」。

③愿君多采撷：一作「劝君休采撷」。采撷(xié)：采摘，采取。

九月九日忆山东兄弟①

独在异乡为异客②，每逢佳节倍思亲。遥知兄弟登高处，遍插茱萸少一人③。

【注释】

① 九月九日：即重阳节。故下文有『佳节』『登高』之言。山东：崤山、函谷关以东。
② 异乡：他乡。异客：他乡的客人。
③ 茱萸：又名越椒，一种有浓烈香味的植物。重阳节有插茱萸避邪的风俗。

送元二使安西①

渭城朝雨浥轻尘，客舍青青柳色新②。劝君更饮一杯酒，西出阳关无故人③。

【注释】

① 元二：指诗人的朋友元常。他在兄弟中排行第二，所以称『元二』。使：出使。安西：指唐代安西都护府，治所在龟兹城（今新疆库车），管辖范围包括新疆和中亚部分地区。
② 渭城：即秦代咸阳古城，在今陕西西安西北。朝雨：早晨下的雨。浥（yì）：润湿，打湿。轻尘：尘土。客舍：旅店。
③ 更：再。尽：喝完。阳关：始建于汉武帝时期，是丝绸之路南路必经的关隘。因为坐落于玉门关南边而得名。故址位于今甘肃敦煌西南的古董滩一带。

储光羲

【作者简介】

储光羲（707—760），延陵（今江苏丹阳）人。唐代田园山水诗派代表诗人之一。开元十四年（726）进士，授冯翊县尉，后转任多地任县尉。因仕途失意，隐居终南山，后出任太祝、监察御史，世称『储太祝』。安禄山攻陷长安，署伪职。乱平后下狱，后贬至岭南而死。

牧童

不言牧田远，不道牧陂深①。所念牛驯扰②，不乱牧童心。圆笠覆我顶，长蓑披我襟。方将忧暑雨，亦以惧寒阴③。大牛隐层坂④，小牛穿近林。同类相鼓舞，触物成讴吟⑤。取乐须臾间，宁问声与音？

【注释】

① 牧田、牧陂（bēi）：都是指放牛的草地。陂：山坡或水边。
② 念：爱，怜。扰：驯顺。
③ 方将：将要。忧、惧：抵御。寒阴：寒冷的天气。
④ 层坂：重重叠叠的山坡。
⑤ 讴吟：牧童所唱的山歌。

全唐诗精选

常建

【作者简介】

常建，生卒年不详，长安（今陕西西安）人。唐代诗人，与王昌龄有文字相酬。开元十五年（727）进士。仕宦失意，往来山水间，长期过着漫游生活。后移家隐居鄂渚。曾任盱眙尉。

题破山寺后禅院①

清晨入古寺，初日照高林。曲径通幽处②，禅房花木深。山光悦鸟性，潭影空人心③。万籁此俱寂，但余钟磬音④。

【注释】

① 破山寺：即兴福寺，位于今江苏常熟虞山北麓，因在破龙涧旁，故称『破山寺』。

② 曲径：一作『竹径』，一作『一径』。通：一作『遇』。幽处：幽静的地方。

③ 悦：使……高兴。潭影：在潭水中的倒影。空：使……空。

④ 万籁：各种声音。俱：一作『都』。但余：只留下。一作『唯余』，一作『唯闻』。钟磬（qìng）：佛寺中召集僧众的打击乐器。磬：古代用玉或金属制成的曲尺形打击乐器。

刘昚虚

【作者简介】

刘昚（shèn）虚，生卒年不详，字挺卿，江东（今长江下游江苏南部地区）人，一说嵩山人。唐代诗人。八岁能文，拜童子郎。开元十一年（723）进士，调洛阳尉，迁夏县令。性高逸，不慕荣利，交游多山僧道侣。大约死于天宝初年。

阙题①

道由白云尽，春与青溪长②。时有落花至，远随流水香。开门向山路，深柳读书堂③。幽映每白日，清辉照衣裳④。

【注释】

① 阙题：缺题。『阙』通『缺』。此诗原题遗失，后人便以『阙题』为名。

② 由：因为。春：春意，指下文的落花、深柳。

③ 开门：一作『闲门』。深柳：茂密的柳树。

④ 幽映：深柳掩映。每白日：每当白日里。清辉：清冷的幽光。

祖咏

【作者简介】

祖咏，生卒年不详，洛阳（今河南洛阳）人。唐代诗人，少有文名，与王维结交二十载。开元十二年（724）进士，长期未授官，际遇困顿。后短期入仕，又遭迁谪，移家汝水附近隐居，渔樵终老。

望蓟门①

燕台一望客心惊，箫鼓喧喧汉将营②。万里寒光生积雪，三边曙色动危旌③。沙场烽火侵胡月，海畔云山拥蓟城④。少小虽非投笔吏，论功还欲请长缨⑤。

【注释】

①蓟门：即蓟丘，位于今北京市区。

②燕台：即战国时燕昭王所筑的黄金台。一望：一作『一去』。客：指诗人自己。箫：一作『笳』。

③三边：指幽州、并州、凉州，泛指边防地区。胡：胡地，指北方少数民族地区。危旌：高扬的大旗。

④侵：侵近，遮掩。一作『连』。蓟城：即今天津蓟州区，在渤海之西。

⑤投笔吏：用后汉班超典故。请长缨：用西汉终军典故。缨：绳子。

终南望残雪①

终南阴岭秀②，积雪浮云端。林表明霁色，城中增暮寒③。

【注释】

①终南：即终南山，位于秦岭山脉中段，在今陕西西安南部。残：一作『余』。

②阴岭：山岭的北面。终南山的主峰在长安南边，所以从长安城里看到的是终南山北边的景色。

③林表：林外，林梢。霁（jì）：雨、雪后天气转晴。暮寒：傍晚的寒冷。

丘为

【作者简介】

丘为，生卒年不详，嘉兴（今浙江嘉兴一带）人。唐代诗人。初累试不第，天宝元年（742）进士，官至太子右庶子。八十余岁辞官还乡。贞观年间去世，年九十六。

题农父庐舍①

春风何时至？已绿湖上山②。湖上春既早，农家日不闲。沟塍流水处，耒耜平芜间③。薄暮饭牛罢④，归来还闭关。

【注释】

①农父：农夫。庐舍：房屋。

②春风：一作『东风』。湖：指今浙江嘉兴的南湖，又名鸳鸯湖。

③沟塍(chéng)：沟渠和田埂。耒耜(sì)：古代的一种翻土农具，形如木叉，上有曲柄(耒)，下面是犁头(耜)，可看作犁的前身。平芜：杂草繁茂的原野。

④饭牛：喂牛。

王昌龄

【作者简介】

王昌龄(698—757)，字少伯，长安(今陕西西安)人，一说晋阳(今山西太原)人。唐代边塞诗人，被誉为『七绝圣手』。早年贫苦，靠农耕生活。开元十五年(727)进士，授汜水尉。开元二十八年(740)又中博学宏词科，官校书郎，因事被贬至岭南，后出为江宁令。晚年贬龙标尉。安史之乱后，弃官居江夏，为刺史闾丘晓所杀。被后世称为『王江宁』或『王龙标』。

塞下曲(其一)①

蝉鸣空桑林，八月萧关道②。出塞复入塞③，处处黄芦草。从来幽并客，皆向沙场老④。莫学游侠儿，矜夸紫骝好⑤。

【注释】

①塞下曲：唐乐府名，古时边塞的一种军歌。塞下：边塞附近，泛指北方边境地区。

②空桑林：一作『桑树间』。萧关：古时重要关隘，在今甘肃固原东南。

③复入塞：一作『入塞寒』。

④幽并：幽州、并州，在今山西北部、河北和陕西部分地区。向沙场：一作『共沙尘』。

⑤莫学：不要学。游侠儿：游侠少年。

⑥矜：自夸。紫骝：古骏马名。

从军行①

其一

烽火城西百尺楼，黄昏独坐海风秋②。更吹羌笛关山月，无那金闺万里愁③。

其二

琵琶起舞换新声，总是关山离别情④。缭乱边愁听不尽⑤，高高秋月照长城。

其三

青海长云暗雪山，孤城遥望玉门关⑥。黄沙百战穿金甲，不斩楼兰终不还⑦！

其四

大漠风尘日色昏，红旗半卷出辕门⑧。前军夜战洮河北，已报生擒吐谷浑⑨。

【注释】

① 从军行：乐府旧题，多反映军旅辛苦生活。

② 百尺楼：置烽火的高楼。独坐：一作『独上』。海风秋：从青海吹来一阵阵带着秋意的寒风。

③ 羌笛：羌族竹制乐器。一作『横笛』。关山月：乐府曲名，内容多为征戍离别之情。无那：无奈。一作『谁解』。金闺：闺阁的美称，此处指在华美闺房里的少妇。

④ 新声：新的曲调。关山：边塞的关隘、山川。离：一作『旧』。

⑤ 缭乱：心绪烦乱。听：一作『弹』。

⑥ 青海：即青海湖，在今青海西宁西。长云：浓云。暗：暗淡。雪山：即祁连山，山巅终年积雪，故称雪山。玉门关：古代关名，在今甘肃敦煌西。

⑦ 斩：一作『破』。斩楼兰：用典，指平息边患。汉武帝遣使通大宛，楼兰阻挡道路，攻击汉朝使臣。汉昭帝元凤四年（前77），大将军霍光派平乐监傅介子前往楼兰，用计斩楼兰王。事见《汉书·傅介子传》。楼兰：古西域国名，即鄯善国，在今新疆鄯善县东南一带，都城遗址在今新疆罗布泊西北岸。此处泛指唐时西北地区侵扰边境的少数民族政权。这里借用典故，意指平息边患。终：一作『竟』。

⑧ 辕门：古代军营大门。

⑨ 前军：古时作战的先头部队。洮（táo）河：黄河上游支流。吐谷（yù）浑：本为鲜卑族酋长名，后于西晋末年建国于洮水西南。常侵扰唐边疆，被李靖击破。此处泛指敌方首领。

出塞（其一）

秦时明月汉时关①，万里长征人未还。但使龙城飞将在，不教胡马度阴山②。

【注释】

① 秦：秦朝。汉：汉朝，分为西汉、东汉两个时期。

② 但使：只要。龙城：匈奴祭天、集会的地方。一说是卢龙城（今河北秦皇岛卢龙县），为李广练兵的地方。一说是『笼城』，在今杭爱山东端。飞将：指汉朝名将李广。曾率兵屡败匈奴，匈奴畏惧他的神勇，称他为『飞将军』。一说是汉朝名将卫青。教：让。胡马：外族骑兵。度：越过。阴山：位于今内蒙古中部及河北省北部，泛指西北边地的群山。

西宫春怨①

西宫夜静百花香，欲卷珠帘春恨长。斜倚云和深见月，朦胧树色隐昭阳②。

【注释】

① 西宫：古时一般为皇帝嫔妃居住之所。

② 倚：一作『抱』。云和：琴瑟之类乐器的统称。深：痴痴地，出神地。昭阳：即昭阳宫。汉成帝宠赵飞燕，为其建昭阳宫。后赵飞燕成为皇后，昭阳宫成为后宫正宫。此处指皇帝住宿的宫殿。

青楼曲

白马金鞍从武皇，旌旗十万宿长杨①。楼头小妇鸣筝坐，遥见飞尘入建章②。

【注释】

① 武皇：即汉武帝刘彻，唐时诗人多用武皇借指唐玄宗。长杨：即长杨宫，秦时建造，汉武帝时重修，是皇帝的打猎之所，故址位于

今陕西西安周至县东南。

② 楼头：楼上尽头。小妇：少妇。鸣筝：弹奏筝曲。飞尘：飞扬的尘土。建章：即建章宫，汉武帝时建造。遗址位于今陕西西安三桥。

闺怨

闺中少妇不知愁，春日凝妆上翠楼①。忽见陌头杨柳色，悔教夫婿觅封侯②。

【注释】

① 不知：一作『不曾』。凝妆：盛妆，严妆。翠楼：即青楼，古代显贵之家楼房多饰以青色。

② 陌头：路上。觅封侯：从军建功获得封侯。

芙蓉楼送辛渐（其一）①

寒雨连江夜入吴，平明送客楚山孤②。洛阳亲友如相问，一片冰心在玉壶③。

【注释】

① 芙蓉楼：原名西北楼，在今江苏镇江金山。辛渐：王昌龄的一位朋友。

② 寒雨：秋冬时节的冷雨。连江：雨水与江面连成一片，形容雨大。吴：吴地，指淮河下游、长江中下游一带地区。一作『湖』。平明：天亮的时候。楚山：春秋时楚国在长江中下游一带，所以这一带的山也称为楚山。孤：孤独，孤单。

③ 洛阳：即今河南洛阳。冰心：像冰一样洁白的心，比喻心地纯洁。玉壶：玉制的壶，比喻高洁的胸怀。

全唐诗精选

王之涣

【作者简介】

王之涣（688—742），字季凌，晋阳（今山西太原）人。唐代诗人，常与高适、王昌龄等相唱和，以善于描写边塞风光著称。早年由晋阳迁居绛郡（今山西新绛）。开元初，任冀州衡水县主簿，因被人诬陷去官。此后漫游多地，踪迹遍黄河南北。因家贫，补文安县尉，死于任上。性格豪放不羁，常击剑悲歌，其诗多被制曲歌唱，名动一时。

登鹳雀楼①

白日依山尽，黄河入海流。欲穷千里目，更上一层楼。

【注释】

① 鹳雀楼：又名鹳鹊楼，因时有鹳鹊栖其上而得名，始建于北周，故址位于今山西永济古蒲州城外的黄河岸边。

凉州词（其一）

黄河远上白云间，一片孤城万仞山②。羌笛何须怨杨柳，春风不度玉门关③。

【注释】

① 黄河远上：一作『黄沙直上』。远上：远远地延伸至。仞：古代长度单位，一仞相当于现在的七尺或八尺。

② 羌笛：羌族的一种乐器，两管数孔，用油竹制成。度：吹过。玉门关：古代关名，在今甘肃敦煌西。

李颀

【作者简介】

李颀(qí)，生卒年不详，赵郡(今河北赵县)人，寄籍颍川(今河南许昌)。唐代诗人，以边塞诗、音乐诗获誉于世。少时家富，结识富豪轻薄子弟后倾财破产，之后刻苦读书。唐玄宗开元二十三年(735)进士。曾任新乡尉，长期不得升迁。后弃官归隐。

古从军行

白日登山望烽火，黄昏饮马傍交河①。行人刁斗风沙暗，公主琵琶幽怨多②。野云万里无城郭③，雨雪纷纷连大漠。胡雁哀鸣夜夜飞，胡儿眼泪双双落。闻道玉门犹被遮，应将性命逐轻车④。年年战骨埋荒外，空见蒲桃入汉家⑤。

【注释】

①望：瞭望。烽火：古代一种重要的边防军事通信手段。饮(yìn)马：给马喂水。傍：顺着。交河：西域古国车师前国的都城，在今新疆吐鲁番境内。

②刁斗：古时军中巡更用的铜器，形似锅，白天用来做饭。公主琵琶：汉武帝派江都王刘建的女儿细君嫁给乌孙国王昆莫，为了让其途中不烦闷，故弹琵琶。

③云：一作『营』。

④此两句用典，典出《汉书·李广利传》。汉武帝命李广利攻打西域大宛，作战经年，死伤过多。李广利上书请求班师。汉武帝大怒，派使者至玉门关，传令说：『军有敢入，斩之！』遮：阻拦。逐轻车：随军作战。轻车：古代轻便的战车。

⑤荒外：八荒之外，指边远地区。空见：只见。蒲桃：即葡萄。

送魏万之京①

朝闻游子唱离歌，昨夜微霜初渡河②。鸿雁不堪愁里听，云山况是客中过③。关城树色催寒近，御苑砧声向晚多④。莫见长安行乐处，空令岁月易蹉跎⑤。

【注释】

①魏万：又名颢，唐高宗上元初年进士，曾隐居王屋山，自号王屋山人，是李颀的晚辈朋友。

②游子：指魏万。离歌：离别的歌。初：刚刚。河：黄河。

③客中：作客途中。

④关城：指潼关，位于今陕西渭南潼关北。树：一作『曙』。御苑：皇宫的庭苑。此处指京城。砧声：捣衣声。向晚：傍晚。

⑤空：白白地。蹉跎：虚度光阴。

崔颢

【作者简介】

崔颢(约704—754)，汴州(今河南开封)人。唐代诗人。开元十一年(723)进士，任太仆寺丞，天宝中为尚书司勋员外郎。虽仕途不得意，但功名心切，死于长安，未得返回故里。

雁门胡人歌①

高山代郡东接燕②，雁门胡人家近边。解放胡鹰逐塞鸟，能将代马猎秋田③。山头野火寒多烧，雨里孤峰湿作

烟④。闻道辽西无斗战⑤，时时醉向酒家眠。

【注释】

① 雁门：即雁门郡，治所在今山西朔州右玉南。胡人：古时泛称北方与西域少数民族。

② 代郡，即代州，治所在今河北张家口蔚县代王城。燕：古代燕国之地。

③ 解：善于。胡鹰：胡人饲养的鹰。塞鸟：边塞的鸟。将：驾御。代马：代郡所产骏马。秋田：秋天的田野。

④ 寒：寒冷的季节。雨：一作『雾』。湿：淋湿。

⑤ 辽西：指辽河以西地区，位于今辽宁西部、河北东北部一带。辽：一作『关』。斗战：战斗，战争。

黄鹤楼①

昔人已乘黄鹤去，此地空余黄鹤楼。黄鹤一去不复返，白云千载空悠悠②。晴川历历汉阳树，春草萋萋鹦鹉洲。日暮乡关何处是？烟波江上使人愁④。

【注释】

① 黄鹤楼：古代名楼，始建于三国时期，位于今湖北武汉长江南岸的武昌蛇山之巅，濒临长江，与晴川阁、古琴台并称『武汉三大名胜』。黄鹤：传说中神仙所骑的鹤。

② 空：徒然。悠悠：飘飘荡荡。

③ 晴川：晴朗天气下的长江。历历：清晰分明。汉阳：即今湖北武汉汉阳区。春草：一作『芳草』。萋萋：草木茂盛的样子。鹦鹉洲：位于今湖北武汉武昌城外的长江中。

④ 乡关：故乡。烟波：烟雾笼罩的水面。

崔国辅

【作者简介】

崔国辅，生卒年不详，吴郡（今江苏苏州）人，一说山阴（今浙江绍兴）人。唐代诗人，杜甫对他有知遇之感。开元十四年（726）进士。历官山阴尉，许昌令、集贤院直学士、礼部郎中等。天宝十一载（752），因受近亲牵连被贬为晋陵司马。

小长干曲①

月暗送潮风②，相寻路不通。菱歌唱不彻，知在此塘中③。

【注释】

① 小长干：属长干里，遗址在今江苏南京。长干曲：乐府杂曲歌辞调名，内容多写渔家生活。

② 潮风：随江潮而至的晚风。潮：一作『湖』。

③ 菱歌：采菱之歌，长江中下游的一种民歌。不彻：时断时续，经久不息。塘：池塘。